CATALOGUE

DES

LIVRES ANCIENS

BIEN CONDITIONNÉS

PROVENANT DE LA BIBLIOTHÈQUE

De feu M. ROUX

Dont la vente aura lieu

Le Mardi 30 Janvier 1877

A DEUX HEURES PRÉCISES

HOTEL DES COMMISSAIRES-PRISEURS

RUE DROUOT, SALLE N° 6

PAR LE MINISTÈRE DE **M' Léon TUAL,** COMMISSAIRE-PRISEUR

SUCCESSEUR DE **M' BOUSSATON**

39, rue de la Victoire

PARIS

ADOLPHE LABITTE

LIBRAIRE DE LA BIBLIOTHÈQUE NATIONALE

4, rue de Lille, 4

1877

CONDITIONS DE LA VENTE

La vente se fait au comptant.

Les acquéreurs payeront 5 °/₀ en sus des enchères, applicables aux frais.

Les ouvrages adjugés ne seront repris pour aucune cause.

PARIS. — Impr. J. CLAYE. — A. QUANTIN et Cⁱᵉ, rue St-Benoît. — 169.

CATALOGUE

DES
LIVRES ANCIENS

BIEN CONDITIONNÉS

PROVENANT DE LA BIBLIOTHÈQUE

De feu M. ROUX

Dont la vente aura lieu

Le Mardi 30 Janvier 1877

A DEUX HEURES PRÉCISES

HOTEL DES COMMISSAIRES-PRISEURS

RUE DROUOT, SALLE N° 6

PAR LE MINISTÈRE DE **M⁰ Léon TUAL**, COMMISSAIRE-PRISEUR

SUCCESSEUR DE **M⁰ BOUSSATON**

39, rue de la Victoire

PARIS

ADOLPHE LABITTE

LIBRAIRE DE LA BIBLIOTHÈQUE NATIONALE

4, rue de Lille, 4

—

1877

CATALOGUE

1. Icones biblicæ Veteris et Novi Testamenti, à Melch. Kysel. *Aug. Vind.*, 1679, in-4 mar. vert, fil., tr. dor. (*Hardy.*)
   Bel exemplaire.

2. Histoire critique des pratiques superstitieuses, par P. Le Brun. Paris, 1750, 4 vol. in-12 v.

3. La Religion des mahométans, tirée du latin de Reland. *La Haye*, 1721, in-12 fr. gr. v.

4. Dissertations sur les apparitions des anges, des démons et des esprits, et sur les revenants et vampires, par dom. Aug. Calmet. *Paris, De Bure*, 1746, in-12 v.

5. Dissertation physique de M. Pierre Camper sur les différences réelles que présentent les traits du visage. *Utrecht*, 1791, in-4, br., fig.

6. Des Fortifications. — Artifices de Iaques Perret, gentilhomme savoysien, mis en lumière par la veuve et les deux fils de Théodore de Bry à *Francfort-sur-le-Mein*, 1602, pet. in-fol., planches gravées, dem.-rel. v. fauve, dos orné. (*David.*)
   Mouillures. Le titre est remonté.

7. Traité général des pesches et histoire des poissons qu'elles fournissent tant pour la subsistance des hommes

que pour plusieurs autres usages qui ont rapport aux arts et au commerce, par M. Duhamel du Monceau. *Paris,* 1759, 2 vol. in-fol., v. antiq.

8. Thierry de Menonville. Traité de la culture du nopal et de l'éducation de la cochenille. *Au cap français, veuve Herbault,* 1787, in-8, dem.-rel., fig. en couleur.

9. Instructions pour les jardins fruitiers et potagers, avec un traité des orangers et des réflexions sur l'agriculture, par M. de la Quintinye. *Paris,* 1730, 2 vol. in-4, figures, v. br.

10. Dictionnaire portatif des Beaux-Arts, par Lacombe. *Paris,* 1753, in-8, v.

11. Traité de la peinture, par Léonard de Vinci. *Paris, Giffart,* 1716, in-12, v.

12. Dictionnaire des monogrammes, chiffres, etc., trad. de Christ (par Sellius). *Paris,* 1762, in-8, v.

13. Traité du beau essentiel dans les arts appliqué particulièrement à l'architecture, avec un traité des proportions harmoniques, etc., par le sieur C. Briseux, architecte. *Paris,* 1752, environ 130 planches avec le texte gravé, dem.-rel. bas. rouge.

---

14. Libro (les quatre) d'architettura di Sebastiano Serlio Bolognèse. *In Venetia,* 1566. — Libro extraordinario. *In Venetia,* 1566, in-4, dem.-rel. maroq. brun, fil., fleurons, tr. peign. (*reliure moderne*).

15. Le premier tome de l'Architecture de Philibert de l'Orme, conseillier et aumosnier ordinaire du Roy. *A Paris, chez Féderic* (sic) *Morel, rue Saint-Iean de Beauuais,* 1568,

in-fol., planches, reliure en bois recouverte en veau, estampée dos refait en bas.

16. Nouvelles Inventions pour bien bastir et à petits fraiz trouvées naguères par Philibert de l'Orme, Lyonnais, architecte à *Paris, de l'Impr. de Federic Morel,* 1561, in-fol., planch. grav., d.-rel. maroq. rouge.

17. Quattro Libri. del l'architettura di Andrea Palladio. *In Venetia,* 1570, pet. in-fol. parch., planches.

18. Invenit Architectura porticus Alex. Francini. *A Paris, chez Melchior Tavernier, graveur et imprimeur du Roy,* 1631, in-fol. cart. (40 planches).
    Mouillures.

19. Scelta di architetture antiche e moderne della citta di Firenze, opera dal celebre Ferdinando Ruggieri. *Firenze,* 1755, 4 tomes en 2 vol. gr. in-fol., planches, d.-rel. bas.

20. OEuvres d'architecture de Marie-Joseph Peyre, *Paris,* 1765, in-fol., 19 planch., d.-rel. maroq. viol.

21. Hier. Pradi et Joannis Baptistæ Villalpandi apparatus urbis ac templi Hierosolymitani. *Romæ,* 1596. in-fol., fig. cart.
    Planches de l'ouvrage.

22. Les Ruines de Palmyre, autrement dite Tedmor au désert. *Paris,* 1819, in-4, cart. n. rogn., 57 planches.

23. Les Ruines de Paestum ou de Posidonie dans la grande Grèce, par T. Major, traduit de l'anglais. *Londres,* 1768. gr. in-fol., 23 planches v. antiq. marb., fil.

24. Roma sotterranea, opera postuma di Antonio Bosio. *Roma,* 1632, gr. in-fol. bas., planches grav.

25. French cathedrals, by B. Winkles, from drawings taken

on the spot by R. Garland, archt. with an historical
and descriptive account. *London, 1837*, in-4, d.-rel.
maroq. viol.

26. Civil Bau-Kunst von Schubler *Nurnberg*, 1728, in-fol.
d.-rel., 17 planches.

Portes, traineaux et chaises à porteur.

27. DE LA DISTRIBUTION des maisons de plaisance et de la
décoration des édifices en général par Jacq. Franç.
Blondel, ouvrage enrichi de 160 planches. *Paris, 1737.*
2 vol. in-4, v. antiq. marbr.

28. De la manière de graver à l'eau-forte et au burin, par
Abr. Bosse. *Paris, Jombert, 1745*, in-8, vol. figures.

29. De la manière de graver à l'eau-forte et au burin, par
Abraham Bosse. *Paris, Jombert, 1758*, in-8, d.-rel.
mar. n. rogn. fig.

30. Recueil de figures de Chauveau, 85 planches remontées
et en 1 vol. in-fol. cartonné.

---

31. L'ART DU MENUISIER, par M. Roubo le fils, *s. l.*, 1769,
3 vol. in-fol., planches, dem.-rel. avec coins maroq. vert
foncé, tr. jasp. (reliure moderne).

32. Académie universelle des jeux contenant les règles des
jeux de cartes, celles du billard, du mail, du trictrac, du
revertier, etc. *Amsterdam, 1786*, 3 vol. pet. in-8, figures,
dem.-rel. v. fauve.

33. Dictionnaire des jeux, *Paris, Panckoucke, 1792*, in-4,
planches, dem.-rel. v.

De l'Encyclopédie méthodique.

34. Traicté des chiffres ov secretes manières d'escrire, par
Blaise de Vigenère bourbonnois. *A Paris, chez Abel l'An-
gelier*, 1584. in-4, figures, v. fauve antiq.

35. Traicté de la conformité du langage françois avec le
grec, par Henri Estienne. *Paris, Robert Estienne*, 1569,
pet. in-8, mar. br., compart. dorés (*Capé*).
> Bel exemplaire.

36. Publii Virgilii Maronis opera per Johannem Ogilvium
edita *Londini, typii Thomae Roycroft*, 1658, in-fol., pl.
gravées, bas. rouge dent., tr. dor. (*anc. reliure*).

37. Oppien. Les Halieutiques, trad. du grec par Limes.
Paris, 1817, in-8, papier vélin, fig., mar. r., fil., tr. dor.
> Aux armes de Louis XVIII.

38. Le Roman de Rou et des ducs de Normandie, par
Robert Wace. *Rouen, Édouard frères*, 1827, 2 vol. in-8,
cart., n. rogn.
> Exemplaire en grand papier.

39. Les Poésies du roy de Navare avec un glossaire. *Paris,
Guérin*, 1742, 2 vol. pet. in-8, maroq. r., fil., tr. dor.
(*Niedrée*).

40. La Jerusalem de Torquato Tesso, de la version de J.
Baudoin. *Paris, Matthieu Guillemot*, 1632, in-8 mar. r.,
fil., tr. dor. (*Hardy*).

41. Les Amours de Théagène et Chariclée, par Héliodore.
Paris, Samuel Thiboust, 1627, in-8, mar., r. fil,, tr. dor.
(*Hardy*).
> Figures de Michel Lasne.

42. Nouveau Voyage d'Italie (par Misson). *La Haye*, 1702, 3 vol. pet. in-8, v., figures.

43. Zuallardi Viaggio di Gerusalem. *Roma*, 1587, in-4, maroquin r., fil,. tr. dor., figures (*Hardy*).
Bel exemplaire.

44. Recueil de divers voyages faits en Afrique et en l'Amérique, etc., contenant l'origine, les mœurs, les coutumes et le commerce des habitants de ces deux parties du monde, etc., le tout enrichi de figures et de cartes géographiques. *A Paris, chez la veuve Ant. Cellier*, 1684, in-4, fig., v. antiq.

45. Voyage du chevalier Des Marchais en Guinée et à Cayenne. *Paris, Saugrain*, 1730, 4 vol. in-12, v.

46. Relation d'un voyage fait en 1695-1697 aux côtes d'Afrique, par le sieur Froger. *Amst.*, 1699, in-12, v., figures.

47. Voyages en Afrique, Asie, Indes orientales et occidentales faits par Jean Mocquet. *Rouen*, 1665, pet. in-8, d.-rel., fig.

48. Description du cap de Bonne-Espérance, par Pierre Kolbe. *Amst.*, 1741, 3 vol. in-12, v., figures.

49. Description de la colonie de Surinam, par Ph. Fermin. *Amst.*, 1769, 2 t. en 1 vol. in-8, v., fig.

50. Nouveau Voyage aux îles de l'Amérique contenant l'histoire naturelle de ces pays, l'origine, les mœurs, la religion et le gouvernement, etc. (par Labat). Ouvrage enrichi d'un grand nombre de cartes, plans et figures en taille-douce. *A la Haye*, 1724, 2 vol. in-4, v., gr.

51. Nouvelle Relation contenant les voyages de Thomas

Gage avec la description de la ville de Mexique. *Amst.*,
1721, 2 vol. in-12, v., fig.

52. Voyage de la Louisiane fait par ordre du Roy en l'année
1720, etc., par le P. Laval. *Paris, chez Jean Mariette,*
1728, in-4, cartes, v. antiq. marbr.

53. Itinéraire pittoresque du fleuve Hudson et des parties
latérales de l'Amérique du Nord, d'après les dessins ori-
ginaux pris sur les lieux par **J.** Milbert. *Paris, Henri
Gaugain,* 1828, 2 vol. in-4, d.-rel. maroq. rouge.

> Manque les planches.

54. Mœurs des sauvages amériquains comparées aux
mœurs des premiers temps par le P. Lafitau, ouvrage enrichi de figures. *Paris,* 1724, 2 vol. in-4, v. gran. fil.,
tr. rouges (*armes de la ville de Lyon*).

---

55. Histoire des grands chemins de l'empire romain, etc.,
par Nic. Bergier, nouvelle édition enrichie de cartes et de
figures. *Bruxelles,* 1728, 2 vol. in-4, fig., v. brun.

56. HISTOIRE ANCIENNE, par Rollin. *Paris,* 1740, 6 vol.
in-4, mar. r., fil., tr. dor. (anc. rel.).

> Très-bel exemplaire en grand papier et aux armes de d'Aguesseau.

57. Traité de l'origine, progrès et excellence du royaume
et monarchie des François, par messire Charles du Molin.
A Paris, en la rue des Porées près le collége de Caluy,
1561, pet. in-8, mar. r. foncé, tr. dor. (*Hardy*).

58. Les Recherches de la France d'Estienne Pasquier.
Paris, 1621, in-folio maroq. r., fil., tr. dor. (anc. rel.)

> Yemeniz, 2540.
> Très-bel exemplaire en grand papier.

59. Histoire de la milice française et des changements qui s'y font depuis l'établissement de la monarchie françoise dans les Gaules jusqu'à la fin du règne de Louis le Grand, par le R. P. G. Daniel. *Paris*, 1721, 2 vol. in-4, v. br.
Exemplaire grand papier. Premières épreuves des gravures.

60. Entretien du maréchal de Luxembourg avec l'archevêque de Paris dans les Champs-Élizées sur la prise de Namur l'an 1695. *Cologne*, 1695, in-12, mar. r.. tr. dor. (*Hardy*).

61. Le Trésor des merveilles de la maison royale de Fontainebleau, contenant la description de son antiquité, de sa fondation, de ses bâtiments, etc., par le R. P. F.-Pierre Dan. *Paris, chez Seb. Cramoisy*, 1652, in-fol., planches gravées, v. jasp. moderne.

62. Mémoires du comte de Brienne. *Amst..* 1719. 2 t. en 1 vol. pet. in-8, mar. r.. jan. tr. dor. (*David.*)

63. Traitez et advis de quelques gentils-hommes françois sur les duels et gages de bataille, assçavoir, Olivier de la Marche, Hardouin de la Jaille, etc. *Paris, Jean Richer*, 1586, pet. in-8 vélin.
Rare.

64. Description d'une partie de la vallée de Montmorenci et de ses plus agréables jardins. *A. Tempé*, 1784, in-8, v. *figures*.

65. La Noblesse considérée sous ses divers rapports ou représentations des états généraux, par Chérin. *Paris*, 1788, in-8, v.

66. Histoire des chevaliers hospitaliers de S. Jean de Jerusalem appellez depuis les chevaliers de Rhodes et aujour-

d'hui les chevaliers de Malte, par M. l'abbé de Vertot. *Paris*, 1726, 4 vol. in-4, v. brun.

Exemplaire en grand papier, avec les portraits.

67. Histoire de la maison de Plantagenet sur le trône d'Angleterre depuis l'invasion de J. César jusqu'à l'avénement d'Henri VII, par M. Hume, traduite de l'anglais par Mme B... *A Londres et se trouve à Paris*, 1783, 2 vol. in-4, portraits, v. porph., fil.

68. Histoire d'Angleterre, d'Écosse et d'Irlande, avec un abrégé des événements les plus remarquables, etc., par M. De Larrey. *A Rotterdam*, 1707, 4 vol. in-fol., nombr. portraits, v. antiq., fil.

69. Les Délices de l'Italie. *Amst.*, 1743, 4 vol. in-12, v. figures.

70. Analyse géographique de l'Italie, dédiée à Mgr le duc d'Orléans, premier prince du sang, par le sieur d'Anville. *Paris*, 1744, in-4, dem.-rel., v. antiq.

71. Histoire de la guerre de Flandre de Famianus Strada, traduite par P. Du Ryer. *Bruxelles*, 1712, 5 vol. in-12, fig., v. brun.

72. Histoire des provinces unies des Pays-Bas, par M. Le Clerc, avec les principales médailles et leur explication. *Amsterdam, chez l'Honoré et Chatelain*, 1723, 4 vol. in-fol., front. de Bernard Picard, cartes, planches de D. Marot et médailles, v. brun.

73. La Vie de Philippe II, roi d'Espagne, traduite de l'italien de Gregorio Liti. *Amsterdam*, 1734, 6 vol. in-12 v., antiq. marbr.

74. Les Délices de l'Espagne et du Portugal. *Leide*, 1707, 4 vol. pet. in-8, vélin, figures.

75. Histoire générale d'Espagne du P. Jean de Mariana, traduite en françois avec des notes et des cartes par le P. Joseph Charenton. *Paris*, 1725, 6 vol. in-4, v. br.

76. Mémoires critiques pour servir d'éclaircissement sur divers points de l'histoire ancienne de la Suisse et sur les monuments d'antiquité qui la concernent, par M Loys de Bochat. *Lausanne*, 1747, 3 vol. in-4, cart., n. rog. carte.

77. Histoire de l'Empire par M. Heiss. *Paris*, 1731, 8 tomes en 10 vol. in-12, v. f. antiq.

78. Histoire du gouvernement de Venise, par Amelot de la Houssaye. *Amsterdam*, 1705, 3 vol. in-12, v. *figures*.

79. La Chine d'Athanase Kirchère de la compagnie de Jésus, illustrée de plusieurs monuments, tant sacrés que profanes, etc., avec un dictionnaire chinois et français, traduit par F.-S. Dalquié. *Amsterdam*, 1670, in-fol. planches gravées, v. antiq.

80. Histoire et Description générale du Japon..., etc., et l'examen de tous les auteurs qui ont écrit sur le même sujet, par le P. de Charlevoix, ouvrage enrichi de figures. *Paris*, 1756, 2 vol. in-4, v. antiq. marbr.

81. Histoire des Arabes, par l'abbé de Marigny. *Paris*, 1750, 4 vol. in-12, bas.

82. J. Maffei. Historiarum indicarum libri xvi; accessit vita Ignatii Loyolæ. *Coloniæ Agrippinæ*, 1590, petit in-8, p. de truie.

83. L'Histoire des Indes orientales et occidentales du

R. P. J.-P. Maffei, traduite de latin en françois, par
M. M. D. P. *Paris,* 1665, in-4, v. br.

84. Mélanges intéressants et curieux, ou Abrégé d'histoire
naturelle, morale et politique de l'Asie, l'Afrique, l'Amérique et des terres polaires, par M. R.-D. S. *Paris,* 1763,
10 vol. in-12, v. antiq.

85. Histoire de la conquête du Mexique ou de la Nouvelle-
Espagne, traduite de l'espagnol de don Antoine de Solis.
Paris, 1691, figures, v. antiq.

86. Histoire universelle des Indes occidentales et orientales
et de la conversion des Indiens, divisée en trois parties,
par Cornille Wytfliet et Anthoine Magin. *Douai,* 1611,
2 parties en 1 vol. in-fol., planches, v. antiq.
   Aux armes du cardinal de Richelieu.

87. Histoire de la conquête du Mexique, par Fernand Cortez,
trad. de Anthoine de Solis. *La Haye, Moetjens,* 1692,
2 vol. in-12 vélin.

88. Histoire générale des Antilles, habitées par les François,
enrichie de cartes et de figures, par le R. P. Du Tertre.
Paris, 1667-1671, 4 vol. in-4, v. br. marbr., tr. r.
(reliure moderne).

89. Histoire de l'isle espagnole ou de Saint-Domingue, par
le P. Pierre-Fr.-Xavier de Charlevoix. *Paris,* 1730-1731,
2 vol. in-4, cartes, v. fauve antiq.

---

90. Dictionnaire des antiquités romaines, traduit de Pitiscus.
Paris, Delalain, 1766. 3 vol. in-8, v.

91. L'Antiquité expliquée et représentée en figures par

dom Bernard de Montfaucon. *Paris*, 1719, 5 tomes en 10 vol. in-fol., v. f. antiq.

92. Épreuves générales des caractères qui se trouvent chez Claude Lamesle. *Paris*, 1742, in-4, mar. r., compart. à fleurs, tr. dor. (*anc. rel.*).

93. Recherches sur Jean Grolier. — Planches et fac-simile. In-fol. cart.

94. Catalogue des livres de la bibliothèque de feu M. le duc de La Vallière, *seconde partie*. *Paris, Nyon l'aîné*, 1784, 6 vol. in-8, v. f., fil., tr. dor. (*Bradel*).

> Exemplaire en grand papier. Une note curieuse, en tête du premier volume et dirigée contre Nyon, donne des détails sur la manière dont le catalogue a été rédigé (probablement sous l'inspiration de l'abbé Rive).

95. Bibliographie instructive, par de Bure. *Paris*, 1763, 10 vol. in-4, v. f., fil., tr. dor. (*Bradel*).

> Très-bel exemplaire en grand papier. Il porte une note de M. J. de Bure sur un carton qui existe dans ce seul exemplaire.

96. Catalogue des livres rares et précieux de la bibl. de feu M. A... *Paris, Renouard*, 1806, in-8, d.-rel. (prix manuscrits), papier vélin.

97. Catalogue des livres du cabinet de M. Léon d'Ourches, par Jacq.-Ch. Brunet fils. *Paris, de l'impr. de Crapelet*, 1811. gr. in-8, dem.-rel. v. rouge.

> Exemplaire en grand papier vergé, avec les prix d'adjudications manuscrits.

98. Catalogue de la riche bibliothèque de Rosny. *Paris*, 1837, in-8, d.-rel.

> Prix manuscrits.

99. Catalogue des livres imprimés, manuscrits, estampes,

dessins et cartes à jouer composant la bibliothèque de
M. L. Leber. *Paris, Techener,* 1839, 4 vol. gr. in-8 br.

Exemplaire en grand papier, fac-simile en couleur.

100. Description de la collection du comte de Labédoyère,
sur la Révolution française. *Paris, France,* 1862,
in-8 br.

Papier de Hollande.

101. Manuel bibliographique, par G. P... *Paris,* 1800.
in-8, cart., n. rogn.

102. J.-C. BRUNET. Manuel du libraire et de l'amateur
de livres. *Paris, Didot,* 1860-1865, 6 t. en 12 part.,
in-8 br.

Exemplaire en grand papier.

103. ARMORIAL des principales maisons et familles du
Royaume, par Dubuisson. *Paris,* 1757. 2 vol. p. in-8,
mar. bl. jans., tr. dor. (Duru).

104. DICTIONNAIRE DE LA NOBLESSE, par La Chesnaye
des Bois. *Paris,* 1770, 12 vol. in-4. — Supplément
1783. 3 vol. ensemble 15 vol. in-4, maroquin rouge, tr.
dor. (Masson et Debonnelle).

Très-bel exemplaire.

PARIS. — Impr. J. CLAYE. — A. QUANTIN et C', rue Saint-Benoît. — [69]